Norbert Scheuer · Bis ich dies alles liebte

Norbert Scheuer · Bis ich dies alles liebte

Neue Heimatgedichte

C. H. Beck

Für Elvira

Neue Heimatgedichte

Gesetzt aus der Quadraat und Univers bei Fotosatz Amann
Druck und Bindung: Pustet, Regensburg
Einbandgestaltung: Leander Eisenmann, Zürich
Gedruckt auf säurefreiem, alterungsbeständigem Papier
(hergestellt aus chlorfrei gebleichtem Zellstoff)
Printed in Germany
ISBN 978 3 406 62172 2

www.beck.de

Brot und Seele

wollte nie alles aufgeben
                    um nichts gegen nichts zu tauschen
nicht nach Afrika reisen
                    um vergessen zu werden
war immer zufrieden
                mit meiner Bedeutungslosigkeit
fuhr jeden Tag zur Arbeit
                    schrieb nebenher Gedichte
Gesichter auf dem Abteilfenster
                    vor dem Hintergrund der Dunkelheit
Verkäuferinnen, Büroangestellte
Studenten die über Philosophie und Literatur diskutierten
keins meiner Gedichte wird je in ihren Büchern stehen
werde nie alles aufgeben
                    um nichts gegen nichts zu tauschen.

I

Fortgehen

sowie die Vögel fliegen gelernt haben
am Straßenrand stehen
                    mit dem Ersten mitfahren der anhält

laute Rockmusik aus einem blauen VW-Bus
ein Mädchen im Schneidersitz am Lagerfeuer
Traktorspuren
                    die in Pfützen enden

vertrocknete Meerlandschaft
                              hingegeben dem Vergessen
Musik aus dem Inneren der Hügel
          wo die Paläste der Zauberinnen sind
nie mehr wünschen
            als man vom Leben erfüllt bekommt
Dorf das ich nicht verlassen werde.

Alcatraz

Birkenblätter schneien
vom Flussufer über den Parkplatz
Leute aus umliegenden Ortschaften
steigen aus Autos
holen Einkaufswagen
schieben zur Drehtür des Supermarktes
zum Getränkemarkt in der Lagerhalle
der ehemaligen Molkerei
Werbefläche am Gitterzaun vor der Bahnstrecke
wo der Fünfuhrzug zur Stadt fährt
hockt ein Mädchen
auf der Kühlerhaube eines alten Peugeot
redet mit einer Freundin
von einer neu eröffneten Einkaufshalle im Industriegebiet
Hauptpreis einer Tombola
sagt
möchte erst Kinder
wenn ich den Richtigen gefunden hab
'en Prinzen
vielleicht schon am Abend
Alcatraz
Diskothek
alte Werkshalle
wo sie bis in den Morgen hinein mit ihm tanzen wird.

Geschichte

früher gehörte das Dorf dem nahe gelegenen Kloster
im Winter abends
Glockengeläut der Mönche gegen den Frost
im Frühjahr kam Zirbes
flickte Eisentöpfe
erzählte Geschichten
spielte auf der Säge
im Sommer bauten wir eine Kapelle
zu Ehren des hl. Dionysius
die Schulkinder begrüßten Kaiser Wilhelm
mit einem brausenden Hurra
im Herbst kam Vater aus der Gefangenschaft
dürr, kahlköpfig
saß ein halbes Jahr still auf der Küchenbank
am Ende des Jahres installierten Telegrafenarbeiter
die ersten Leitungen auf den Dächern.

Fotografie I

vor Jahren wurden Luftaufnahmen vom Dorf gemacht
auf der Fotografie sieht man mit der Lupe
wie in einer Chronik

alte Häuser
Verkäufer von Eternitfassaden
Laurenz auf der Bank vor dem Haus
er ist schon lange tot
Steinbruch mit Lastwagen
Kalkgestein
Versteinerungen
Krebse und Algen aus dem Erdaltertum
geteerte Wirtschaftswege
Ginster an Wiesenhängen
zwei Mädchen sitzen auf der Bank beim Kriegerdenkmal
heute sind sie alte Frauen
Knipprath treibt Kühe zum Tanzberg
trägt seine speckige Arbeitsmütze
sein Mund geöffnet
als würde er immer noch Geschichten erzählen.

Landvermesser

half dem Landvermesser
stellte mich
        an Wegsteine
        an Landstraßen
        mitten auf Dorfplätze
        auf Felder
        auf Friedhöfe
im Frühjahr wenn noch Schnee lag
hielt die Messstange ganz gerade
Rapsfelder
            Gebirge
                    Täler
                         Wege e i n g e z e i c h n e t
fuhr mit dem Fahrrad
                         nach Vogelsang
arbeitete in der Küche für die Junker
                         erfuhr
                         Schnee weiß wie Kirschblüten
unter Traktorreifen knirschen Steine
doch war alles geblieben wie es gewesen
Füchse erwischt man nicht so schnell.

In der Früh

wehen die Kirchglocken
über die Hügel
bis zum Siedlungshof
vor dem Dorf
Kühe im Stall sind unruhig
brüllen
schütteln die Köpfe
Ketten klirren
Atem der nach feuchtem Gras riecht
süßer Saft in Augenwinkeln
in dem Fliegen kleben
Kühe mit Wimpern
wie von indischen Tänzerinnen
die Markierung
der Bolzen auf der Stirn.

Kaltblüter

hinter den Wiesenhügeln liegt das Dorf in der Sonne
ein Vertreter verkauft auf dem Hof Geschirr
für Hochzeit und Beerdigung
Schwalben fliegen durch das Scheunentor
Krähen sitzen auf dem Silo
Geruch von trockenem Heu

Jupp trägt den Fernsehapparat zum Kuhstall
über den Hof durch Güllepfützen
Nachrichten im Fernsehapparat
ein Koffer Habseligkeiten

belgischer Kaltblüter
braunes Fell
zottelige Stiefel
wie eine Statue unter Überlandleitungen.

Ruppberg

Mäusebussarde mit weißem Untergefieder
in den Aufwinden
                        am Ruppberg
                            Trampelpfade der Kühe
                        an Stacheldrahtzäunen
                            alte Badewannen als Viehtränke
                        an Melkwagen gebundene Kühe
Vogelscheuchen
            die glitzernde Schnüre in den Wind werfen
sie bewegen sich nach einer Melodie
                            die aus dem Wald kommt
                            wo die Bussarde ihre Horste haben
Regen
            der in Schnee übergeht
die gelben starrenden Augen eines Bussards
wie er mit ausgebreiteten Schwingen
                                        auf seiner Beute hockt
Schatten
                die über Schneefelder gleiten.

Frühjahrskälber

schleimige Nasen
Atem der nach Gras riecht
warm ist

Hufe die bei jeder Bewegung abrutschen
Spaltböden glitschig vom Mist
der durch die Ritzen fällt
fortgespült hinter den Kuhstall
wo die Wiese ins Tal abfällt
knorrige Apfelbäume
versunken im Morgennebel.

Jupps Meinung

wenn die Tochter alt genug ist
wird sie fortgehen
s i e ist ein Stadtmensch
die Ziegel auf dem Kuhstall sind morsch
müsste neu gedeckt werden
er würde am liebsten alles verkaufen
fortziehen
neu anfangen
nebenher ein wenig Landwirtschaft betreiben
hat nichts anderes gelernt

als sein Vater noch lebte schlachteten sie selbst
aßen in einem Monat eine ganze Sau
zwei Schweinehälften ergeben eine ganze Sau
seine Geschwister teilten das Erbe
er behielt den Hof
in der Früh stand er auf
mähte mit der Sense das hohe Gras
solange er das noch konnte
gings ihnen nicht wirklich schlecht.

Dorfrand

Fossiliensammler
die im Regen über die Felder gehen
Strohballen in Plasikfolie geschweißt
Straßenbauwagen
wo polnische Blumenpflücker wohnen
Bussarde
mit nassen Flügeln auf Überlandleitungen
Weide im Boletal
Bauern die vor dem Krieg
krepiertes Vieh dorthin brachten
Schachtlöcher vom stillgelegten Bleibergwerk
mitten auf einer Wiese
Männer aus dem Dorf
die mit einem Senkblei die Tiefe ausloten.

Mosaik

Millionen Molche
im Tümpel am Waldrand
schwarzes Mähnenhaar
am Stacheldraht
Maulwurfhügel
auf Pferdewiesen
Tausendfüßler
unter Steinplatten
Nester gestorbener Vögel
gefrorener Nebel

Stern auf dem Mosaikboden der Kirche
wo Frauen Kindersegen erflehten
Stimmen die zu Stimmen wurden
nur um zu verstummen.

Gemälde (für Frim Sauvageot)

Wenn du dein Fernrohr umdrehst
erkennst du im Okular
weit entfernt
den Bahndamm
dürre Kiefern
Uferregionen
Asphalt
aufsprühender Regen von Autoreifen
die Wirklichkeit am Rand einer Linie
die scheinbar weiterführt

du siehst
Trommler
Jagdtrophäen
jemenitische Wasserträgerinnen
unter Staub
Mosaike in pompejischem Rot

jenseits des Tyrrhenischen Meeres siehst du
in deiner geliebten
kalten
römischen Provinz
eine Frau in fliederfarbenem Kleid
hörst das Knirschen ihrer Sandalen im Kies

wanderst weiter
durch ungeordnete Landschaften
anderswo hin
als du eigentlich wolltest

Irritationen der Wörter und Farben
das was einen Moment lang für dich
das einzig richtige *Bild* der Dinge war

Schönheit

das Leben wird sich in *ihr* nicht erfüllen
weder jetzt
noch an irgendeinem gedachten Ende

so leicht und zärtlich
wie Artemis den Zentaur zähmte
ist keine der Leidenschaften
für uns zu haben.

Geburtstag

In der Schwüle solcher Sommernachmittage
entschlüpfen Libellen ihrer Larvenhaut
wir sitzen auf der b
                              r
                               ü
                                 chigen Mauer
                                            des Löschwasserbeckens
beobachten
wie sich die verknitterten Flügel
                    einer Mosaikjungfer
                    in der Sonne spannen
sie bald zum ersten Mal fliegen wird

in der Nähe des Bahnhofs spielen Freunde Boccia
Liegestühle stehen auf den stillgelegten Gleisen
                                            die am Stausee vorbeiführen
weiter nach Belgien durch sumpfiges Venn

im Schotter stachlige Brombeerhecken
junge Birken
          Franzosenkraut
jemand s t a k s t über den Bahndamm
sammelt Schnecken
               setzt sie ins schattige Gras
sonst vertrocknen sie

Katharina erzählt von ihren Neffen
die jetzt in Trier und Köln studieren
werden es schwerer haben

manchmal glaub ich
von meiner Jugend bis jetzt
                    sind's nur Sekunden
ein Film
ich erinnere mich erst in der letzten Szene
ihn gesehen zu haben

dann endlich …
die Mosaikjungfer steht flatternd
mit ihren vier gespreizten durchsichtigen Flügeln überm Wasser
Messerschnitte
                Mandarine im Schwertkampf
                verlassene Larvenhüllen an Schilfgräsern
niemand kann jemals so tief tauchen
vernimmt die Facetten des Flüsterns
in dunkleren Räumen.

Unschuld

Augenblicke
          in denen sich Mauersegler im Flug paaren
Messingstaub vom Räderwerk der Kirchturmuhr
wie Gold in einer Streichholzschachtel gesammelt
das ewige Licht
               an einer Kette über dem Altar
Frauen flüsternd im Beichtstuhl
Namen der im Krieg Gefallenen
                    auf der Marmortafel am Kirchenportal
                    jedes Jahr mit goldener Farbe nachgemalt.

Kiesgrube

Gebeine des Heiligen
unter dem Altar der Dorfkirche

Kiesgrube hinter dem Friedhof
warmer Sand zwischen den Zehen
keltische Münzen
Schwerter und Brandstellen

Krähen
die schlafen wenn Kirschen reif sind

Kinder
die über nasse Wiesen laufen

staubiges Fell an einem rostigen Nagel im Stall
Sterne im hölzernen Schöpflöffel
Musikkapellen
Schützenfest
zwei tanzende Frauen.

Fronleichnam

der Tod ist ein kleiner Zinnsoldat
                                        den jeder von uns
                                        in der Tasche seines schwarzen Anzugs trägt

in alle Himmelsrichtungen waren Altäre aufgebaut
Blütenteppiche aus Lupinen und Ginsterblüten

der Pastor durfte über die Blütenteppiche gehen
     zwei Kinder mit der Haushälterin

die Musikkapelle spielte an jedem Altar
dasselbe traurige Lied
spuckte Tropfen von den Rändern der Posaune
vom Wind in alle Himmelsrichtungen über Felder getragen.

Kirmes

eine große Gestalt aus Strohballen
                                        an der Landstraße
weggeworfene Bierflaschen
Bänder von Musikkassetten um Sträucher gewickelt
Motten flattern im Nieselregen
Autoscheinwerfer vor dreckig-weißen Leitplanken
Gespinstschleier an Schlehdornhecken
Schafswolle am Stacheldraht
                                        abgezupft
                                        in die Tasche gesteckt

vor der Imbissbude Männer die sich anrempeln
                                    wegen eines Mädchens im Saal
Betrunkene pissen an die Gasthofwand
                                            schaukeln nach vorn gebeugt
                                            grölen Tanzlieder

heute noch sehe ich
                                zur Kirmeszeit
                                meine ersten Tanzschritte auf dem Parkett
                                bunte Girlanden über meinem Haar
Johannes saß draußen auf der Bank
                                                betrunken
                                                schläfrig unter den Lampions
lauwarm
                diese Nacht voller Sterne
                                                      die schon gestorben waren.

Gastwirtschaft

betrunken auf der Stuhllehne einen Handstand vollführen
mit Geisteskraft durch den Schankraum schweben

Schimmel auf der Brombeermarmelade
im Regal neben dem Treppenabsatz zum Bierkeller hinunter

unter unserem Dorf ist eine Höhle
einer der versteckten Eingänge zum labyrinthischen System
                                        in dem Echos von oben widerhallen

göttliche Unordnung leerer Flaschen
abgelöste Etiketten im Matsch
feuchte Bruchsteine

eine sich drehende Ballerina in der Cognacflasche

das Klavier im Saal hinter dem Bühnenvorhang
Tanzschritte in der Dunkelheit auf dem Parkett
Glockengeläut zu
                Hochzeiten
                Kindstaufen
                Beerdigungen

Politiker die über die Bodenreform verhandelten
die Stille unserer Landschaft
                        die das alles ertrug

Schafkopf spielende alte Männer
jemand
          der sich hinter der Theke versteckt hat
eine Frau
          so schön und schwachsinnig wie Verse
betrunken auf einem Stuhl vor dem Tresen
die Arme vor ihren entblößten weißen Brüsten verschränkt.

Betrunkene

wir sahen unser Spiegelbild
im Büfett an der Theke der Dorfkneipe
zusammen mit ihm
dem jedes Jahr im Winter durchreisenden Verkäufer
von Tierkreiszeichen
der vergnügt in unserer Mitte saß
sahen
wie er seinen geheimnisvollen Koffer öffnete
Sterne und Galaxien
fantastisches Skelett
größer noch als das Universum in uns

glaubten betrunken
jede wunderbare Lüge die man uns auftischte
zogen übermütig an unsichtbaren Fäden
die von der Decke über der Theke hingen
von dort wo wir saßen
in die Zimmer der Sommerfrischler und
Fischer führten
weiter durch
Abstellräume
Räucherkammern
Labyrinthe
zum Speicher hinauf
zu einem unendlich verwobenen Gespinst von Dingen und Worten
aus dem vor Urzeiten schon ein dichtes Gewebe entstanden war
von dem sich längst nicht mehr ablesen ließ

was uns jetzt wiederfuhr
die Fäden führten durch Ritzen
zwischen Dachpfannen
weiter hinein in eine endlos kalte Nacht
wo Polarlichter am Firmament zitterten
ein Firmament
das, als wir es endlich bemerkten
sich rasend mit uns zu drehen begann.

Ein Echo von allem

glatte Haut der Wasserschlangen
gefangen in meiner Parkatasche

schwarze Nylonstrümpfe
von Mädchen aus abgelegenen Dörfern
Bedienungen in der Wirtschaft
von den Amis auf der Toilette gefickt

schwarz glänzendes Pflaster
hinunter zum Markt und zur Kirche
Statuen der Könige in den Nischen
den Weltapfel in der Hand
ein Zepter
beschmutzt vom Taubenkot
Bauern
Stiere
Seiltänzer
ein Seil gespannt von der Kirchturmspitze
Marktstände mit alten Bäuerinnen
Wespen auf ihren Lippen und Augenlidern

springende Forellen im Fluss
Kreise die sich ausdehnen und zusammenziehen
zu Wörtern der Welt
die gerade erschaffen wurde
die hinabsanken unter die Steine im Fluss
wo sie ein Echo wurden
von allem was ich nicht wusste.

II

Dorf

der Himmel über dem Dorf
    ist ein großer rostiger Eimer
in dem werden im Frühjahr die Kälber geboren

im Herbst regnet es Holunderbeeren
                    vor dem Kriegerdenkmal
auf dem Dorfplatz spielt die Blaskapelle
die Frauen im Kirchenchor haben schöne Stimmen

der Himmel über dem Dorf
    ist ein großer rostiger Eimer
der kippt die Toten über die Kropeln
sargt sie ein
          und betet ein Vaterunser.

Mit der Zeit

als Kind dachte ich
in jedem Regentropfen wohne eine Königin
ihr Tanzen erzeuge Regenbogenfarben
dachte
wenn man alles zusammennimmt
vergisst man
was man behalten will
mit der Zeit
sind meine Fußsohlen rissig geworden
fangen nachts an zu jucken
muss herumlaufen in meinen Träumen

Bläschen steigen vom Grund der Flüsse
denen ich folge

im Herbst wehen Blätter in den Hausflur
traue mich nicht mehr
sie aufzuheben.

Peregrinos

Wanderfalken
im Steinbruch
dahineilende Schatten an schroffen Steilwänden

Sohle des Steinbruchs
vom Wind
a u f geb l ä t t e rte Illustrierte
alte Autoreifen
blaue und weiße Skabiosen

Wanderfalken
suchen ein neues Jagdrevier
noch jung
doch mir schon überlegen
an Stille
Beharrlichkeit

sind weit gereist
viel weiter als ich
der ich mich für immer
an diesem Ort eingerichtet habe.

Steinlaster

früher hörten wir täglich die Bagger im Steinbruch
von der anderen Seite des Ruppbergs
wenn gesprengt wurde zitterten Gläser und Geschirr

Steinlaster krochen aus dem Erdinneren
Krähen hockten auf Zaunpfählen
glänzend schwarzes Gefieder
wenn sie aufflogen
im Wind tanzende Marionetten

Laster fuhren den ganzen Tag ums Dorf
wie Mücken die um ein Licht schwirren

Männer saßen betrunken in unserer Kneipe
Zementstaub im Haar
im Arbeitszeug
Mücken im Schnaps
es ist das Zentrum ihrer Welt
derer es so viele gibt
Augenblicke vergessen
wie Regen auf Asbestdächern.

Abstammung

vom Fenster des Friseurs
konnten wir zum Fluss sehen
zur brüchigen Mauer der Uferbefestigung
wo die Höhlen der Bisamratten waren

auf der verblichenen Tapete
zwischen den Spiegeln
hingen zwei Pferdeporträts aus braunem Pastell

es roch immer nach Pferdehaaren
obwohl es schon lange kein Pferd mehr gab
vielleicht waren wir damals die Pferde
heruntergekommen
zur Feldarbeit bestimmt
nur wussten wir dies damals noch nicht.

Karnickel

mit einem Strick an den Hinterläufen festgebunden
hoch genug
                dass keine Ratten ranreichen
durchsichtige Haut unter dem abgezogenen Fell

langsam . . . wie es nach Regen vom Scheunendach rinnt
            . . . tropft Blut in einen weißen Plastikeimer.

Wellblechdächer

im Kalvarienberg hatten Franzosen die Munition gesammelt
von den Feldern
dann explodierte der Berg
auch die Kapelle des Einsiedlers flog in die Luft
roter Staub rieselte vom Himmel
knöchelhoch überall
lief mit dem Kind auf dem Arm aus der Stadt
watete durch Staub
eingestürzte Häuser

für Pantoffeln stahlen wir Leder
schlugen es abends in der Küche geschmeidig
Vater tauschte es ein
wenn er mit dem Bäckerwagen über Land fuhr
ein Bauer in der Wirtschaft:
der Krieg hat u n s nichts übrig gelassen
nur Wellblechdächer.

Geschichtengeister

nachts erschienen die Geister aus den Eishöhlen
in meinem Zimmer
sie kamen im alten Opel
mit dem Vater zur Arbeit aufs Sprudelwerk fuhr
ich erzählte ihnen Geschichten damit sie mich schlafen ließen
zersprungene Flaschen vom Licht der Kyll durchleuchtet
aus dem Wald rennt eine erschreckte Frau
verschwundener Heuwagen
Hund der weite Sprünge im Uferschlick macht
mit Tatzen groß wie ein Bär

meine kleineren Schwestern tanzten
auf dem Flur in ihren Nachtgewändern.

Unterbrechung

wenn die Frauen früher auf den Feldern arbeiteten
es zu regnen begann
warfen sie ihre Rockschöße über den Kopf
hockten sich unter Zweige am Waldrand
betrachteten den Regen
als würden sie beten
sangen Lieder
damit die Zeit schneller verging
klopften die von der Witterung
rund geschliffenen Steine gegeneinander

zuerst wurde das Moos nass
dann die Kiefernnadeln
schließlich das Kalkgestein
es entstanden große Pfützen an den Feldrändern
in denen ausgeblichene Schneckengehäuse
wie kleine Boote trieben.

Worbeln

die alten Frauen gehen im Sommer in die Kropeln
sie tragen einen Eimer für Waldbeeren
die bei uns Worbeln heißen
den ganzen Tag über hocken sie im Gebüsch
zupfen Worbeln von den Sträuchern
reden in einer Sprache die wir nicht verstehen
man sagt
dass sie – während sie hocken – Feuersalamander gebären
und die braunen Lurche
die in letzter Zeit selten geworden sind
von den hohen Kronen der Kiefern
tropfen Zecken durch Sonnenstrahlen
die Haut der alten Frauen ist zu ledern
zu faltig
zu blutleer
als dass die Zecken sich festhaken könnten.

Heirat

meine Mutter heiratete
als sie im fünften Monat schwanger war
Judenbauern war es damals verboten
Milch auf dem Markt zu verkaufen
keiner von ihnen wurde zur Hochzeit eingeladen
nach der Trauung fuhr man zum Fotografen
Mutter trug ein blaues Kleid
einen Hut mit weißem Schleier
in der Hochzeitsnacht schlich ein Marder in den Hühnerstall
tötete alle Hennen.

Bis du zurückkamst

Spinnen verwebten so viel Morgentau in ihren Netzen
unzählige Welten mit Ähnlichkeiten
die wir nicht mal erahnten

junge Reiterinnen in gerader graziler Haltung auf ihren Pferden
pickelgesichtige Mädchen auf dem Tanzboden des Dorfsaals
die längst Mütter geworden sind

nochmals zu den Orten
wo du in der Jugend gelebt hast
nach Speicher, Neroth und Prüm

bis zur Hüfte fallende lockige Haare in den Farben des
Herbstlaubs
du sprichst mit Leuten
die dich als Mädchen gekannt haben
aber das alles ist schon so lange her.

Spiegelstraße

sie schimpfte über die Dienstmädchen
keines folgte ihren Anweisungen
wenn wir uns aufmachten zur Basilika
stützte ich sie
zerknülltes Papier im Rinnstein hob ich für sie auf
gingen die Spiegelstraße hinab
vorbei an dem Kohlenhändler und der Sattlerei
zu einem Bekleidungsgeschäft
sie kaufte mir eine Jacke
nähte Geheimnisse ins Futter

in der Basilika die Sandalen von Jesus
dort keuchte sie mir ins Ohr
dass sie nicht mehr lange zu leben habe.

Vorfahren

Kelten
die zu uns wanderten aus der Gegend um Hallstatt
an den Flanken römischer Kohorten
die bald zu den Matronen einheimischer Stämme beteten
in einem der verbotenen Tempelbezirke
wo mein Vorfahre hastig gezeugt wurde
                                                  von einem
mit gelbem Haar und käfergrünen Augen
einem
                der nie mehr in seine ligurische Heimat
zurückkehren würde
bald seine Herkunft vergaß
meine Brüder und Schwestern zeugte
                                                                mit anderen Frauen
                                                                alle klein
                                                                stämmig
                                                                rothaarig
deren Sprache uns unbekannt blieb
Worte
                die zu beschreiben versuchten
was bleiben würde

Hügelgräber
                                über denen Bussarde kreisen
zu beiden Seiten
                            in kleine Flusstäler abfallende Wiesen
Grundmauern einer zugeschütteten Villa Rustika
                                            gerodete Waldflächen

zerbrochene Amphoren für Wein und Getreide
Kupferschwerter
gebogen wie die schmale Mondsichel
über umgepflügten Stoppelfeldern.

Wintertag

Großmutter starb noch zu Hause

die Krähen auf den Erlen
flatterten erschreckt auf

ihr Gesicht habe ich nie vergessen

mit Frostbeulen an den Füßen
liefen wir zur Urft
von den Sträuchern hingen Eiszapfen ins Wasser
ein Hemd trieb aufgebläht den Fluss hinab.

Begräbnis

früher wollten die alten Leute aus dem Dorf
nicht im Sommer sterben
wussten
dass sie schon bald nach Verwesung stinken würden

wenn der Sarg auf dem Pferdewagen lag
zog das blinde Gemeindepferd mühsam zum Kirchfriedhof
den Berg hinauf
es kannte den Weg
machte Rast an den Kreuzstationen
Trauernde
denen vom Gestank übel geworden war.

Fisch

stand im Bach
fing Fische mit den Händen
mein Schatten war fortgetrieben
Fische lieben ihn nicht
fing Forellen
Äschen
hell gepunktete Hechte
kraulte sie sanft unter den Bäuchen
bis sie zutraulich wurden
packte hinter die Kiemen
warf sie ans Ufer
wo sie erstickten.

Flussgesicht

Sack mit jungen Katzen
aufgebläht mit Luft
Brüste schwangerer Frauen
im hautfarbenen Mieder
zum Tanz zurechtgemacht
Schaumbläschen auf dem Wasser
sich im Kreise drehen
entstehen
verschwinden
forttreiben
Neunaugen die an Aas gehen
an die toten Katzen
wenn der Sack zerreißt

T t e
a z n
im ersten Schnee über Krähenfelder

zum Steinbruch.

Erbteil

Aale im Eimer in der Mitte des Tanzsaales
Herdplatte
auf der Wassertropfen zischten und tanzten
Aale
wie sie später lebendig gekocht wurden
die Haut abgezogen
immer noch lebten
während die Wäsche auf dem Gestell in der Küche trocknete

Maria die in einem epileptischen Anfall zu Boden fiel
zuckte
ihr Rock schob sich bis zu den Schenkeln hoch
Gesicht weiß wie eine gekalkte Wand
Haarspangen
Pillen
bunte Glasperlen
waren aus der Handtasche gefallen
Krimskrams ihrer Kindheit
Schätze die ich später einmal erben sollte.

III

Regionalzug

gescratchte Scheiben
Autoreifen auf der Plastikplane einer Rübenmiete
vor einem Zaun auf
ge
sta
pel
te
Paletten
Eis im Becken der Kläranlage
durchsichtige Hundsrosen
Hagebuttensträucher
kleine rot glitzernde Laternen
Sternmieren
Nebel über Feldern … schwebt
an Zweigen gefriert
Kiefern
roter Sandstein
Quarzpartikel
Wellblechhütten
Fensterfront eines Autohauses
im Wind klirrende Fahnen
Automarken
Gebrauchtwagen
Einfallstraße ins Industriegebiet
Brückengeländer
Geistermenge von Worten
Waggons
in denen Gleisarbeiter nächtigen
einer im gelben Regenzeug am Streckenrand
am Helm eine Bussardfeder.

Fahrt zur Arbeit

die Kollegen reden davon
wie schnell die Tage des Jahres vergehen
Mathilde fährt wieder mit
ihre langen Fingernägel unruhig auf den Knien
sie ist ein bisschen verrückt
kellnert nebenher

von der Tongrube weht roter Staub ins Wageninnere
im Sommer klebt das Arbeitszeug an der Haut
wir könnten uns wie die Frösche vermehren
wenn wir genügend Mut hätten

Jupp erzählt von der Kirmes
redet vom Tanzen und Biertrinken an Theken
von Frauen an Sektbars
und später mit ihnen auf den Liegesitzen
nach einem Fest wissen wir nie
wie wir nach Hause gekommen sind

wenn in Rescheidt Kirmes ist
werden wir wieder Reif von den Scheiben kratzen

schwarze sich windende Schlange
eine Schlange
die sich irgendwann selbst frisst.

Sommergewitter

vorbeifahrende Züge Richtung Stadt
Misteln in Pappelzweigen am Ufer

eine der Masken des Minotaurus

weiß nicht
        was ich dir sagen soll
                                damit du mich verstehst

vom Feld auffliegender Krähenschwarm
Pfützen auf Garagendächern

Frauen
          die sich in der Cafeteria des Supermarktes unterhalten

Abstraktionen
                    die wir uns von etwas machen
                                        das es so gar nicht gibt

auf einer Fotografie einige Badegäste am See
Haarklammern auf dem Boden

Geruch deiner feuchten Haare in der Dunkelheit
warum schlafe ich nicht mehr
                                        seit ich dich kenne.

Entfernung

Die Dorfstraße f ü h r t
                        zur Landstraße
                        am stillgelegten Steinbruch vorbei
Autobahnauffahrt → Brücke
                        über das Krebsbachtal zur Stadt

Falken jagen rüttelnd über feuchten Wiesen
Schnee
              t
                r
                  opft von Zweigen
Frühling ist eingezogen

der Wind noch kalt
frierende Hände in den Jackenärmeln
Tropfenglöckchen
            an Schnürbändern der Turnschuhe
Rucksack
              auf den Freunde ihre Namen gekritzelt haben
rote Wanderameisen
       die um mich herumkrabbeln
wenn jemand mich mitnimmt
         werde im warmen Auto einschlafen
         egal wo ich aufwachen werde.

Schnee

der erste für dieses Jahr
schon morgen wird er tauen

Lastwagen auf der Landstraße

eine Frau die unruhig von Dorf zu Dorf läuft
für die keine Zeit mehr vergeht
                    seit ihr Mann gestorben ist

flatternde Planen auf Rübenmieten

Campingwagen
                        in denen Polen nächtigen
                        billige Arbeitskräfte
                        für alles zu gebrauchen

Fichtenstämme vom letzten Windbruch
Greifer
            die Stämme aufs Förderband heben
            sie zur Schälmaschine transportiert

Container auf Abstellgleisen
stündlich vorbeifahrende Züge Richtung Stadt
                                        in der ich seit Jahren nicht mehr war
                                        die ich endgültig verlassen habe
                                        um hier zu gehen auf dem Pfad
                                        zwischen Fluss und Bahndamm
                                        bis zur Gastwirtschaft
und wieder zurück über den Parkplatz des Supermarktes

wo Jungen Kunststücke auf ihrem Skateboard vollführen
schön und schwachsinnig zugleich
wie ein Gedicht.

Unruh

an manchen Tagen ist es
als hörte ich
immerzu
auf einen rostigen Eimer trommeln
so voller Unruh bin ich

Regenmänner gehen gebückt durch Gärten
sammeln leere Schneckenhäuser in ihre Taschen

übrig gebliebene kleine Seen auf den Feldern
Plastikplanen über Strohballen
abgeschälte Rinde von Birken

Fuchs aus dem Inneren meines Herzens
der in die Dämmerung schleicht
einen Moment verharrt

Vögel tragen Stimmen der Toten
von den Kropeln übers Dorf
ihre Federn kleiden die Dunkelheit

ein so weiter Weg bis zur Kindheit
selbst in Träumen und Erinnerungen.

Lied

aufgestoßenes Gatter einer matschigen Pferdeweide
umgekippte Badewanne
die als Tränke diente

eine Frau
in vollendeter Grazie über Wiesen reitet

Aussiedlerhöfe am Rande der Landstraße
Kuhunterstände aus rostigem Wellblech
in die Erde gerammte Schienenschwellen

kein Schnee unter Feldsteinen

Alma
die eine junge Katze auf ihrem Schoß streichelt

Futtersilos ... Mistförderbänder
vergaste Füchse

Lastwagen
die Mineralwässer in die Getränkemärkte der
Stadt bringen

Kartoffelsäcke voller Himmel
Haselnuss- und Eschenzweige

Alma
die eine junge Katze auf ihrem Schoß streichelt

Frauen spazieren am Friedhof vorbei
                                        zum Heiligenhäuschen
                                        zur Sandgrube

Schlagschatten der Windradflügel auf hügligen Wiesen
Turmfalken auf dem Giebel der Scheune

Plastikstuhl auf der Rampe
                                                  wo früher das Vieh verladen wurde

Alma
        die eine junge Katze auf ihrem Schoß streichelt.

Fische im Nebel

auf dem stillen Wasser der Kyll
Spuren
Bewegungen von Mücken und Wasserläufern

andere Welt
in anderem Geist
den ich nicht mehr finde

erstickte Fische im Nebel
eingewickelt in Blätter wilden Rhabarbers
ihre Augen glasig verquollen
wir trugen sie herum
bis ihre Schuppen in unseren Händen glitzerten
zurück in den Fluss
weißbäuchige tote Fische
Zepter im Wasser
Könige
die einmal über uns richten werden.

Alt geworden

als ich deinen Vater kennenlernte
war ich so schlank
                    dass seine Hände um meine Taille passten
ich hatte dunkles Haar und Sommersprossen
stand jeden Tag auf dem Marktplatz
                                        und verkaufte Eis
die Geister sprachen mit mir
konnte sie zu meinen Füßen in einer Pfütze sehen
                                wie sie mein Gesicht verwandelten
ich erinnere mich noch gut
                    an die rosafarbene Basilika
                    mit den Königen in den Nischen neben dem Portal
wie kühl es in der Kirche war
                            mit dem ewigen Licht
                            dem heiligen Rock hinter einem Glasschrein
                            Gewebe das sich in Staub auflöste
die Bänke der Mönche hinter dem Altar
ich beneidete die alten Frauen
die nachmittags diese Kühle aufsuchten
während des Gebets auf den Bänken schliefen

heute
        da ich selbst alt geworden bin
wache ich nachts mitunter auf
                                        glaube
                                        in einem ihrer Träume zu sein.

Beste Freunde

Wassong
            mit dicken Augenbrauen
Matsch der Felder noch unter den Stiefeln
von langen irren Wanderungen

Hermes
            dessen zersplitterte Leier auf unserem Fluss treibt
mit den Seelen einer lange vergangenen Jugend

Tupinger
            betrunken
vornübergebeugt mit Bierschaum am Schnauzbart
Frösche hüpfen quakend in seinem Kopf

Thiesen
            Kügelchen seiner Gedanken wirbeln um uns herum
knirschen bald unter unseren Schuhen
                        bald in unseren Mündern

Dreier
            mit Warzen an Handballen und Nasenflügeln
einen Korb ungelesener Bücher
            die er durch den Regen trägt

Liedke
            der kürzlich beim Streichen seines Hauses Medusenköpfe
über die Fenster und Türen malte
auch uns
            seine besten Freunde
nicht mehr in sein Haus ließ.

Während

ich schrieb
hast du das Kopfkissen genäht

während ich zur Arbeit ging
hast du deine Haare
über der Badewanne gewaschen
und in ein blaues Frotteetuch gewickelt

es geschieht so viel
bis man sich am Abend wiedersieht
du erzählst und ich stehe vom Tisch auf
gehe in ein anderes Zimmer

während du schliefst habe ich wach gelegen
bin durch deine Träume spaziert
wie Fische über die Brücken gehen.

Zweifel

winzige Spinnen
die sich in der Dunkelheit von der Schlafzimmerdecke fädeln
in eine Stille
von der ich nichts weiß

an der Landstraße Busunterstände
ich warte dort während du neben mir schläfst
und träumst dass ich bei dir bin
und bleiben werde

Staub auf den Schuhen
Geruch an den Kleidern
schwebende Schneeflocken
Krebse im Fluss
unter den Steinen
alles zu weit um hinzureisen
Vögel die schneller und schneller laufen müssen
weil sie nicht mehr fliegen können.

Versprechen

Dohlen hockten am Fenster
                                erlernten die Zutraulichkeit von uns

wenn sie das Gold des Abends pflückten
brachten sie uns morgens das Grau ihres Gefieders

sie schmeichelten mit ihrer Zutraulichkeit
pochten am Fenster als bäten sie um Einlass.

Etwas bleibt

deine Fotografie auf dem Fernseher
als du noch jung warst
ein Jahr bevor wir uns kannten

die Kinder
als sie noch klein waren
eine braune Apfelgrütze
unter der Couch

Mauersegler die im Flug schlafen
keine Erinnerung ist so deutlich
wie bunte Perlen
in der Haarsträhne
einer jungen Frau.

Pirouetten

warme Bahnhofsgaststätte
ein Mann am Flipper
an der Theke einige Biere gekippt
im Fernseher eine Eiskunstläuferin
Pirouetten und Nachrichten

dann weiter
an der Landstraße entlang
Schneeverwehungen auf den Feldern
Schlittenspuren durch den Wald
                    zum Fernmeldeturm hinauf
                    an der Kiesgrube vorbei

Möwen segeln über der Mülldeponie
in den Wintermonaten kommen sie
von der Küste zu uns
mit geschlossenen Augen glaube ich
am Meer zu stehen.

Nichts

hinter dem Fenster
Licht
durch die Jalousie
Spinnen
Netze vor meinen Augen
Handtuch auf dem Boden
mein Gesicht trocknen

sich etwas vormachen
nichts bleibt übrig
alles bleibt wie es ist
Geheimnis in einem Geheimnis
Muster in einem Muster.

Nachmittag

durch Luft glitzernde Fäden von Witwenspinnen
in der Nachmittagssonne
herabsinkende Pollen
auf dem Parkplatz
Frauen
Sandalen auf einem Autositz
im Geschäft Verkäuferinnen
die Regale einräumen
Plakate von Rockbands
die im Sommer durch unsere Gegend tingelten
Mädchen tanzten auf leerem Parkett.

Irgendwann

werde ich den Himmel in einer Pfütze
am Straßenrand gespiegelt sehen
Kraniche
die wieder im Herbst übers Dorf fliegen
unerreichbarer mit jedem Flügelschlag

New York
London
Paris
Theater
Cafés und Bars
Bibliotheken
Straßenbahnen
Freunde die in weit entfernten Städten leben
Frauen die ich einst geliebt habe

was je gewesen in diesem Augenblick
Jahre
die schnell vergingen
Kraniche
die im Herbst übers Dorf fliegen
unerreichbar mit jedem Flügelschlag.

Dass mir die Spinnen verzeihen

nachts
wenn ich aufstehen muss um zu pinkeln
wie es alte Männer häufig tun
trinken Spinnen Wassertröpfchen
vom Boden der Badewanne
ich weiß
wie sehr du vor ihnen erschrickst
als wir noch jung waren
und uns geliebt haben
habe ich mich immer darüber lustig gemacht
nun aber
da wir alt sind
werde ich die Spinnen töten.

Wissen

Fortgehen fängt damit an
dass ich mich zurücksehne

es ist das Andere
neben den Worten
woran ich nicht mehr glaube

überhaupt noch etwas zu wissen
ist schon genug
das Leben ist die Girtzenbergstraße
einmal hinauf . . . einmal hinunter

der Tod ist nur eine falsche Bewegung
aus allem raus
dort ist es still
wie in einem Bienenstock im Winter.

Geburtstagsbrief

eine ganze Nacht lang sammelte ich Tautropfen
und andere Kleinigkeiten
Bienenkästen am Rande des Rapsfeldes
Moment aus Stille
flüsterte da hinein
was nur für dich bestimmt war
für das es wie du sagtest
niemals Worte geben wird
nur die Ungeduld unseres Erinnerns

Vogelschwärme im Herbst
Novemberschnee an deinem Geburtstag

Feldwege auf denen ich nun allein spaziere
gefrorene Pfützen mit Schlieren
weiße Luftbläschen
die so zart unter der Sohle knacken

Kiefernnadeln zahlreich wie Sterne
florig silberner Glanz des Mondes auf hügligen Wiesen
durch Bretterritzen in einer Feldscheune dringt noch Licht
so viel Licht
das ich dir jetzt gerne schenken würde.

Ferne

über das Waschbecken gebeugt
den Geschmack der Ferne ausspucken
Erinnerungen
an zerrissene Briefe
Postkarten auf dem Fußboden
zusammenfügen zu einem Ort
wo wir uns wiedersehen
eine andere suchen
um dich zu finden
tanzende Erscheinungen um mich
auf Dinge warten
die niemals eintreffen
dorthin reisen wo ich ebenso fremd bin
während du schläfst
hinausgehen
und die Tür leise schließen.

Fotografie II

mit ausgebreiteten Armen auf dem Sozius des Motorrades
über die Landstraßen fahren
als würde sie fliegen
die Spiegelstraße hinunter zum Marktplatz
die Basilika mit den Sandalen von Jesus in einer gläsernen Vitrine
Rucksäcke aus altem staubigem Kuhfell

amerikanische Soldaten in der Gaststätte ihrer Eltern
die Musikbox mit farbig geriffeltem Licht
einst unter einem Baldachin gesessen
und Liedern einer unbekannten Sprache gelauscht
Holzkiste voller rostiger kleiner Schrauben
Uhrmacher der Sprache und des Vergessens

Kinnhaare die sie sich mit einem Rasiermesser abkratzt
mit Grazie umeinander tanzende Truthähne im Garten
ins stumme Heer der Toten hinabsteigen
wissen
dass die ganze Kunst nur im Übergang liegt
wenn überhaupt in irgendetwas
dann im Übergang.

Anhalterin

Regen
leichte Tuchbahnen über Felder geweht
Mädchen mit einem Rucksack
langen Ohrringen
einem Käferstecker im Nasenflügel
geht rückwärts über den Randstreifen
die Hand ausgestreckt

soll doch laufen
nur ein paar Hundert Meter
bis zum nächsten Dorf

Litzen von Wasser auf dem Asphalt
Regenwürmer
kriechende Rübentraktoren
atembeschlagene Autoscheiben
fluchen weil wir nicht überholen können

Dorf im Nebel
nur die Kirchturmspitze
an der Straße Wahlplakate mit verhunzten Politikerköpfen.

Wassong

die Mauersegler fliegen hoch
man kann ihre Schreie nicht hören

Wassong geht zur Pferdeweide
                              das Land so still

Geräusche
                    die über der Zeit schweben
                    Bilder in einem Stummfilm.

Anderes Dorf

durch Bergwerkhöhlen unter dem Dorf kriechen
ans andere Ende
in einem anderen Dorf
alles gehört haben
wissen
dass es gar nichts gibt
die Nachttischlampe einschalten
den Wecker verstecken
trotzdem aufwachen
an Begebenheiten erinnern fern jeder Realität
als würde ich mich nicht erkennen
die Töchter der Götter umbringen
die mich sonst verzaubern.

Etwas fehlt immer

das Dorf in dem wir wohnen
liegt auf einem Hügel
es gibt hohes Gras
Ginster der im Frühsommer blüht
meine Eltern wohnten hier
auch die Eltern meiner Eltern
ich dachte immer
dass es woanders mehr gibt
wenn ich zu den Sternen sah
wusste ich nie
ob ich fortgehen oder bleiben sollte
es dauerte
bis ich dies alles liebte.

Irgendwo

… in einer Stadt oder in einem Dorf
in einer Hotelbar oder einem Café

so viele Orte in diesem Universum des Zufalls

eine Kaufhauspassage
eine Bibliothek
im Bus
oder abends auf dem Nachhauseweg
oder auf einer Parkbank
wo ich saß und wartete
kleine Gedichte schrieb
die auch keine Antwort darauf geben werden
warum ich dir nirgendwo begegnete.

Ravelsberg

sich drehende Windkrafträder
von Minerva und Lethe gewebte schwebende Fäden im
Abendlicht
im Tal Eis auf Fischteichen
am Horizont Sternbild von Stier und Fuhrmann
ein überfahrener junger Fuchs auf der Landstraße

vorbeifahrende Autos
in denen du sitzen könntest um zu mir zu kommen
auf welch seltsame Weise man sich begegnet
oder niemals trifft

aufgeschnittene Öltanks auf Viehweiden
gefrorener Regen im zotteligen Fell der Pferde

verlassene Bergwerke in denen mein Großvater noch arbeitete
spärlich bewachsene Sandhalden
zerfallene Backsteingebäude
nur unterirdische Stollen sind geblieben

die lang geschlossene Dorfgaststätte
deren Gäste ich auf meinen Spaziergängen
auf dem Friedhof der Dorfkirche besuche
nur
um ihre Geschichten wieder und wieder zu hören
Geschichten
die das Einzige sind
was geblieben ist.

Um was es geht

du sagst
dass du in mein Herz sehen kannst
darin eine Kaffeemühle
grüne eingelegte Bohnen mit Zwiebeln und Kräutern
ein schönes Blau
eine diebische Elster
eine Geschichte die doch lange vorüber ist

du sagst
wir hätten in einer Geschichte gelebt
auf dem Land oder irgendwo in der Stadt
du hast in meinem Herzen eine sommerstaubige Straße
gesehen
und Regen
Menschen nicht anders als wir

du sagst
am Abend hätten wir Geschirr in die Spülmaschine gestellt
und duftende Teelichter auf den Badewannenrand

du sagst
dass es nur darauf ankommt
in einer Sekunde glücklich gewesen zu sein

du sagst
daran würden wir uns erinnern
egal wo wir sind
wer gerade bei uns ist

du sagst
irgendwann sterben wir
        vielleicht du vor mir
        vielleicht in derselben Stadt
        vielleicht eine Häuserzeile weit voneinander entfernt.

Inhalt

Brot und Seele 9

I

Fortgehen 13
Alcatraz 14
Geschichte 15
Fotografie I 16
Landvermesser 17
In der Früh 18
Kaltblüter 19
Ruppberg 20
Frühjahrskälber 21
Jupps Meinung 22
Dorfrand 23
Mosaik 24
Gemälde (für Frim Sauvageot) 25
Geburtstag 27
Unschuld 29
Kiesgrube 30
Fronleichnam 31
Kirmes 32
Gastwirtschaft 33
Betrunkene 35
Ein Echo von allem 37

II

Dorf 41
Mit der Zeit 42
Peregrinos 43
Steinlaster 44
Abstammung 45

Karnickel 46
Wellblechdächer 47
Geschichtengeister 48
Unterbrechung 49
Worbeln 50
Heirat 51
Bis du zurückkamst 52
Spiegelstraße 53
Vorfahren 54
Wintertag 56
Begräbnis 57
Fisch 58
Flussgesicht 59
Erbteil 60

III
Regionalzug 63
Fahrt zur Arbeit 64
Sommergewitter 65
Entfernung 66
Schnee 67
Unruh 69
Lied 70
Fische im Nebel 72
Alt geworden 73
Beste Freunde 74
Während 75
Zweifel 76
Versprechen 77
Etwas bleibt 78
Pirouetten 79

Nichts 80
Nachmittag 81
Irgendwann 82
Dass mir die Spinnen verzeihen 83
Wissen 84
Geburtstagsbrief 85
Ferne 86
Fotografie II 87
Anhalterin 88
Wassong 89
Anderes Dorf 90
Etwas fehlt immer 91
Irgendwo 92
Ravelsberg 93
Um was es geht 94

Aus dem Verlagsprogramm

Aravind Adiga
Letzter Mann im Turm. Roman
Aus dem Englischen von Ilija Trojanow und Susann Urban
Etwa 480 Seiten. München 2011.

Amir Hassan Cheheltan
Amerikaner töten in Teheran. Roman
Aus dem Persischen von Susanne Baghestani
Etwa 192 Seiten. München 2011

Kristín Steinsdóttir
Im Schatten des Vogels. Roman
Aus dem Isländischen von Anika Lüders
Etwa 256 Seiten. München 2011

David Foenkinos
Nathalie küsst. Roman
Aus dem Französischen von Christian Kolb
239 Seiten. München 2011

Sabine Gruber
Stillbach oder Die Sehnsucht. Roman
379 Seiten. München 2011

Hans Pleschinski
Das geheime Tagebuch des Herzogs von Croÿ
Herausgegeben und übersetzt von Hans Pleschinski
Etwa 432 Seiten. München 2011

Constantin Göttfert
Satus Katze. Roman
143 Seiten. München 2011

Iso Camartin
Der Garten der Freundschaft
Etwa 272 Seiten. München 2011

Reinhold Neven Du Mont
Der Maskensammler. Roman
Etwa 240 Seiten. München 2011